GUÍA DE LECTURA

Escrita por Oriane Tellier
Traducida por Tamara Montes Blanco

El diario de Bridget Jones

de Helen Fielding

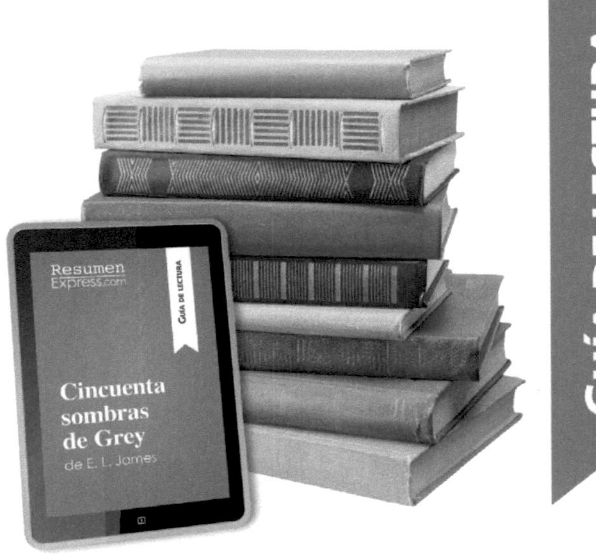

Entiende fácilmente la literatura con

Resumen Express.com

www.resumenexpress.com

HELEN FIELDING

NOVELISTA Y PERIODISTA BRITÁNICA

- **Nacida en 1958 en Morley (Inglaterra)**
- **Algunas de sus obras:**
  - *Ricos y famosos en Nambula* (1994), novela
  - *El diario de Bridget Jones* (1996), novela
  - *La imaginación descontrolada de Olivia Joules* (2004), novela

Helen Fielding, diplomada en Letras por la Universidad de Oxford, trabaja como periodista para la cadena de televisión británica BBC, antes de pasar a ser columnista en el periódico *The Independent*, para el que creará al personaje de Bridget Jones. En 1994, publica su primera novela, *Ricos y famosos en Nambula*. Una vez publicado *El diario de Bridget Jones*, la autora cosecha un éxito internacional por esta obra de *chick lit* que les encanta a las mujeres de diferentes generaciones.

La cultura británica de Helen Fielding se nota especialmente en sus referencias culturales, entre las novelas de Emily Brontë (escritora inglesa, 1818-1848) y los presentadores de programas televisivos del otro lado del Canal de la Mancha. Tengan el dramatismo que tengan los temas que aborda, la periodista siempre encuentra una nota de humor para aludirlos.

BRIDGET JONES

EL ELOGIO DE LA TORPEZA

- **Género:** novela
- **Ediciones de referencia:**
  - Fielding, Helen. 2001. *El diario de Bridget Jones*. Traducido por Néstor Busquets. Barcelona: Lumen
  - Fielding, Helen. 2005. *Bridget Jones: sobreviviré*. Traducido por Néstor Busquets. Barcelona: DeBolsillo
  - Fielding, Helen. 2013. *Bridget Jones: loca por él*. Traducido por M.ª José Díez. Barcelona: Planeta
- **Primeras ediciones:** 1996, 1999 y 2013
- **Temáticas:** convenciones sociales, relaciones afectivas, feminismo, dependencias, ambiente laboral

Divulgado inicialmente en forma de folletín en el periódico británico *The Independent* entre 1995 y 1996, *El diario de Bridget Jones* se publica íntegro por primera vez en 1996. El segundo volumen, *Sobreviviré*, se publica en 1999, mientras que el tercer tomo, *Loca por él*, se hace esperar y finalmente no sale hasta 2013.

En estas novelas, presentadas como un diario íntimo, quien toma el bolígrafo es una londinense treintañera, soltera y torpe que busca desesperadamente el amor y el equilibrio interior. Aunque la novela aborda ciertos problemas existenciales preocupantes para una mujer de finales del siglo XX, el tono es ligero, original e irresistiblemente divertido.

Los dos primeros tomos de esta saga romántica, auténticos

éxitos mundiales, son adaptados a la gran pantalla en 2001
y 2004.

RESUMEN

EL DIARIO DE BRIDGET JONES

La novela se abre con una Bridget llena de buenos propósitos de camino, a regañadientes, hacia la tradicional comida familiar de Año Nuevo. Entre ellos: tener un diario en el que anotará cada día su peso y el número de cigarros y de unidades de alcohol y calorías consumidas. Durante la comida, empujada por su madre Pamela Jones y los amigos de esta última, que desean que caiga en los brazos de Mark Darcy, un rico abogado divorciado, Bridget entabla conversación con este hombre un poco estirado. El encuentro resulta un fiasco para la joven treintañera.

Soltera, pero con miedo a acabar sola, Bridget fantasea con su jefe, Daniel Cleaver, con quien mantiene una apasionada correspondencia en su lugar de trabajo. Entablan una relación tumultuosa e inestable en la que ninguno de los dos parece saber muy bien lo que quiere. Daniel cambia de idea como de camisa, de modo que un día inunda a Bridget con mensajes ardientes y, al siguiente, la deja plantada. Ella, por su parte, le envía involuntariamente señales contradictorias, sin saber qué consejos de pareja aplicar entre los que aparecen en sus queridas guías prácticas y los que le dan sus amigos. Estas tergiversaciones que conciernen a la actitud apropiada para adoptar ante los hombres a los que desea serán asimismo un tema recurrente en su diario.

La aventura de Bridget y Daniel se termina bruscamente cuando ella descubre que este la engaña con una chica más delgada. Entonces, la fórmula «persigue al amor y este huirá, huye del amor y él te perseguirá» se aplica perfectamente a su relación, ya que en varias ocasiones, él volverá a ella, hasta que se aman una última vez, cuando Daniel está ebrio. Sin él, la antiheroína vive más saludablemente: deja de fumar y de beber oficialmente y adelgaza, un objetivo que tenía fijado desde los 18 años. No obstante, sus amigos le ven mal aspecto sin sus kilos de más. Sea como sea, después de una enorme depresión, vuelve a su peso habitual y a sus malos hábitos.

Los mejores amigos de Bridget —la dulce Jude, que sale con Richard el Malvado; Sharon, la feminista convencida; así como Tom, homosexual enamorado de Jerome el Pretencioso— también sufren desengaños amorosos, lo cual no disgusta a la treintañera, siempre contenta de olvidarse por un momento de su propia pena para aliviar la de los demás.

Mientras tanto, la madre de Bridget abandona a su marido por un portugués que ha conocido durante las vacaciones y empieza a trabajar como presentadora en un programa de televisión para mujeres divorciadas. A fin de ayudar a su hija a olvidarse de su exnovio Daniel, Pamela le encuentra un trabajo de periodista en una cadena de televisión. Bridget ve la oportunidad de escapar de su horrible jefa de servicio Perpetua, pero también de alejarse de Daniel Cleaver y de crecer profesionalmente convirtiéndose por fin en una periodista seria… No obstante, la joven se desilusiona rápidamente. Su nuevo jefe, Richard Finch, cocainómano evidente, la reprende continuamente por llegar tarde repetidas veces y le manda hacer reportajes a menudo ridículos, como entrevistar a cazadores de montería sentada al revés en un caballo.

Aunque parece que su carrera profesional no consigue despegar, la vida amorosa de Bridget da un giro positivo cuando conoce más a Mark Darcy gracias a su madre, arrestada por haberse reunido con su amante en Portugal después de que este les hubiera sacado dinero a sus amigos. El abogado consigue encontrar al estafador y hace que vaya a la celebración navideña de los Jones diciéndole que Pamela ha vuelto con su marido. Cuando el amante llega a la fiesta, Mark hace que la policía lo arreste y evita así que la madre de Bridget vaya a prisión. Una vez que la policía se marcha con el criminal, Mark saca a la joven de esa horrible comida familiar, la lleva a cenar al hotel y le confiesa sus sentimientos, que resultan ser correspondidos.

BRIDGET JONES: SOBREVIVIRÉ

La historia de amor de Bridget y Mark, plagada de malentendidos, sufre un gran número de desengaños en el segundo volumen de la saga, especialmente cuando la joven recibe cartas de amor de parte de un desconocido o cuando Rebecca, una amiga de Mark que está enamorada de él, hace que le surjan dudas. Por su lado, Bridget sospecha que este no quiere comprometerse, ya que aunque pasa la noche en casa de esta sin ningún problema, nunca le devuelve la invitación. En realidad, a él no le gusta su propia casa, piensa que es siniestra. Tras un gran número de equívocos, la pareja termina rompiendo, ya que Mark sospecha que Bridget le es infiel. Tiempo después de su separación, aunque él desea darle una carta de amor, remplaza involuntariamente su mensaje por la transcripción de un poema. Esta nueva confusión retrasa aún más su rencuentro.

Además de estos malentendidos, Mark también tiene la sensación de que Bridget siempre pone a sus amigas por delante de él y de que lo analiza constantemente según los consejos de las guías prácticas que la joven devora, tales como *Los hombres son de Marte, las mujeres son de Venus* (ensayo escrito por John Gray en 1992). Cuando Bridget se entera de esto, decide tirar todas sus obras. Mark, que pasa por delante de la casa de esta en ese momento, se fija en la montaña de libros que hay en la basura. Ironía del destino (o de la autora), aunque Bridget se deshace de todos sus manuales para intentar reconquistar a Mark, este tiene la idea contraria: se hace con todas las guías prácticas que puede a fin de encontrar el modo de reconquistar el corazón de su amada…

El motivo del salvador, presente en el primer tomo, vuelve a aparecer aquí cuando Bridget, engañada por un traficante, es encarcelada en Tailandia por tráfico de drogas. Mark la saca del apuro y entrega al culpable a las autoridades locales, lo que les permite volver a verse después de su ruptura. Un poco más tarde, a la joven le llega una bala con su nombre grabado. Quien se la ha envidado es el obrero que hizo un agujero en la pared de su apartamento y al que ella escribió una carta para amenazarlo con ir a juicio si no avanzaba con las obras. Mark le hace darse cuenta del peligro y la lleva a la comisaría a poner una denuncia. Para protegerla, la acoge mientras esperan a que el culpable sea arrestado. Al final, así es como los dos tortolitos acaban rencontrándose de una vez por todas y volviendo a confesarse su amor.

BRIDGET JONES: LOCA POR ÉL

Bridget Darcy vuelve a su diario tras una década de felicidad y el nacimiento de dos hijos con Mark. Este ha fallecido y ella lo echa muchísimo de menos. Durante cuatro largos años de duelo, engorda y se deprime, antes de sentir despertar a la mujer que dormita en ella, no sin culpabilidad. Por suerte, sus amigos siempre están ahí, excepto Sharon, que ahora vive en Estados Unidos y ha sido reemplazada por Talitha, una seductora sexagenaria aficionada a la cirugía estética. Todos desean que Bridget pierda su «segunda virginidad»[1]. Gracias a sus buenos consejos, la viuda pierde 20 kilos en un centro de tratamiento de la obesidad y, después de un cambio de imagen, conoce a un hombre en una discoteca. Se vuelven a ver un par de veces, pero Bridget no está preparada para tener una nueva relación y él deja de llamarla. A continuación, se registra en páginas web de citas y se vuelve adicta a Twitter. Entonces, un guapo treintañero, Roxby, contacta con ella: quedan durante varios meses y Bridget consigue superar la muerte de Mark. Sin embargo, acaban separándose, ya que ella no quiere echar a perder la juventud de su amante. Como después de este episodio se siente vieja, decide inyectarse bótox.

Para retomar las riendas de su vida profesional, la viuda

---

1. Todas las citas han sido traducidas por ResumenExpress.com

prueba a hacer la adaptación teatral de una obra que ella cree que es de Chéjov (escritor ruso, 1860-1904), pero que resulta ser de Ibsen (dramaturgo noruego, 1828-1906). Tras una primera reunión, su productor le pide que adapte el escenario noruego al marco de Hawái y acaba haciéndole reescribir toda la obra. Ante tanta vulgarización, Bridget dimite. Al cabo de estas adversidades diarias, termina por tirar la toalla, ya que se siente demasiado vulnerable sin Mark.

De forma paralela, también tiene que ocuparse de sus hijos: sus problemas digestivos, sus preguntas sobre su padre, los correos del colegio, el gran número de SMS de la niñera, los reproches arrogantes de otras madres de alumnos, etc. A pesar de esto, los pequeños Mabel y Billy son su mayor alegría. Durante un concierto de su escuela de música, el profesor de gimnasia del pequeño Billy, el señor Wallaker, se acerca a Bridget e intenta besarla. Ella lo evita porque piensa que está casado, pero después, gracias a su vecina, se entera de que no es así. Unos meses más tarde, se enamoran y juntan a sus familias, después de que el deportista haya salvado a Billy de un accidente durante una salida escolar. Por lo tanto, el motivo del salvador vuelve a aparecer con éxito.

ESTUDIO DE LOS PERSONAJES

BRIDGET JONES

«Soltera moderna» y orgullosa de serlo, Bridget, una treintañera morena y entrada en carnes que se preocupa por su edad y por su físico, busca desesperadamente el amor... y el equilibrio interior. Por lo tanto, intenta tener una vida más sana y cuenta escrupulosamente el número de cigarrillos y las unidades de alcohol y de calorías que consume cada día, lo que no le impide tener antojos compulsivos, deprimirse por su peso y, a veces, «fumar todas las colillas que quedan, una tras otra». También resulta que contabiliza las llamadas que recibe, el número de veces que verifica quién la ha llamado o el número de segundos transcurridos desde la última vez que hizo el amor.

Además, a veces esta cifra es astronómica, ya que Bridget sufre muchas dificultades en sus relaciones con los hombres. Pasa mucho tiempo reflexionando sobre las relaciones de poder implicadas en las parejas y preguntando a sus amigos sobre el número de días que hay que esperar antes de llamar después de una cita para no parecer dependiente. Estas consideraciones obsesivas revelan así un problema real de comunicación entre los sexos en una época en la que la liberación de las mujeres ha derribado todos los códigos que regían sus relaciones. A causa de estas dificultades, está realmente obsesionada con el teléfono y teme «morir sola y que encuentren [su] cuerpo tres semanas más tarde, medio devorado por [un] pastor alemán», sin haber podido encontrar a un hombre dispuesto a comprometerse y a respetarla.

Esta antiheroína que siempre llega tarde, a menudo porque le cuesta encontrar ropa limpia, desdramatiza todas nuestras imperfecciones gracias a las situaciones alocadas, incluso ridículas, en las que suele encontrarse. Existe una diferencia social entre ella y sus padres, sobre todo respecto a su madre. De hecho, esta es una mujer de la alta sociedad que frecuenta el Rotary Club, mientras que Bridget se aproxima más a la *middle class* británica, compra la ropa en tiendas baratas y, sin embargo, suele estar sin blanca. Al principio, el rico Mark Darcy y la protagonista sufren una especie de choque cultural cuando empiezan a quedar, ya que la diferencia socioeconómica que existe entre ellos es considerable. De este modo, Fielding creó un personaje cercano a cualquier hijo de vecino en el que es fácil verse reflejado. Al hacer esto, la exageración de los defectos de esta antiheroína permite también que el lector se libere, ya que, sea cual sea su grado de torpeza o de falta de organización, Bridget Jones siempre puede hacerlo peor, como por ejemplo en su trabajo, donde posterga al límite las tareas que tiene que efectuar mientras sueña con su realización profesional. Así, podemos señalar especialmente dos pasajes que pueden servir de consuelo: en el que Bridget organiza una comida en su casa para la que prepara una sopa que se tiñe de azul a causa del hilo que amarra el *bouquet garni* o en el que, tras haber puesto en el suelo varias cacerolas llenas de comida, mete el pie en una de ellas.

Cuando vuelve a aparecer en el tercer tomo, Bridget cuenta que, tras haber discurrido extensamente sobre la independencia de la mujer moderna en sus dos primeros diarios, se ha casado con Mark Darcy y ha dejado de trabajar para ocuparse de la casa. Después de la muerte de su marido, cincuentona y alicaída, la protagonista cae en una larga depresión de la que termina saliendo gracias a sus amigos y a sus hijos. Estos se han convertido en su razón para seguir viviendo y todas sus acciones y gestos la enternecen profundamente. A pesar de estas adversidades, ha permanecido fiel a sí misma y no ha hecho grandes progresos en lo que se refiere a su organización, al cuidado de la casa, a la seriedad en su nuevo trabajo o a sus relaciones con los hombres.

SEÑORA PAMELA JONES

La madre de Bridget siempre consigue lo que se propone y hace caso omiso de la información que no le conviene. Mujer de mundo, muy estricta con las convenciones, reprende continuamente a Bridget por su soltería, a lo que la ayudan sus amigas que intentan empujarla a las brazos de diversos solteros. Alentada por una especie de crisis de los sesenta teñida de feminismo, Pamela deja a su marido para presentar un programa televisivo para mujeres divorciadas que se basa en el drama. De vuelta a casa tras una escapada a Portugal con el estafador de su novio, acompaña al señor Jones a terapia de desintoxicación alcohólica, donde su desbordante confianza en sí misma desestabilizará a todo el personal del hospital. Aunque invade la vida de Bridget con todo tipo de recomendaciones absurdas, a veces consigue ayudarla de verdad, como es el caso con Mark especialmente. En el tercer volumen, ya viuda, Pamela se va a vivir con su amiga Una a unas viviendas de lujo para ancianos donde sigue seduciendo a los hombres de su edad.

SEÑOR COLIN JONES

El padre de Bridget es su aliado y su cómplice frente a la feliz tiranía de su madre. Tras los desengaños que le hace sufrir su mujer, entre el amante portugués del primer tomo y el huésped kikuyu que esta se lleva de vacaciones en el segundo tomo, se va haciendo a un lado y acaba encontrando refugio en el whisky, para desesperación de su hija, a la que a veces llama ebrio en plena noche y la cual se preocupa por él.

DANIEL CLEAVER

«Chantajista emocional», depravado, machista y alcohólico, Daniel es el jefe de Bridget en el inicio de sus aventuras. Cuando se ven, él encarna un poco el lado oscuro de la joven. De hecho, puesto que lo que mueve a este personaje es la búsqueda del placer, su relación es básicamente física: beben, fuman y hacen el amor. Tras su ruptura, vuelve a la carga varias veces, para disgusto de Mark. Pero hará las paces y será el padrino de los niños Darcy en el tercer tomo. A veces cuida de ellos, entonces los atiborra a bombones y crea un desorden indescriptible en la casa. Siempre dado a la bebida, acabará acudiendo a dos terapias de desintoxicación.

MARK DARCY

Abogado de renombre internacional y especializado en derechos humanos, rico, divorciado y caballeroso, Mark es el arquetipo de hombre ideal, todo lo contrario a Daniel. Este personaje encarna al caballero valeroso y servicial, motivo al que Helen Fielding es aficionada. Le seduce la originalidad de Bridget, cuya torpeza y anticonformismo involuntario le encantan porque a su manera de ver la diferencian de las demás mujeres. Esta última se siente bien con él y, tras su muerte, echa de menos el humor, la seguridad y el confort que la rodeaban cuando él estaba vivo.

LA «FAMILIA DE SOLTERAS MODERNAS»

Por suerte, pase lo que pase, Bridget siempre puede consolarse fumando y bebiendo Chardonnay en casa de sus amigos o pasar las horas debatiendo con ellos por teléfono sobre qué pasos dar con sus respectivas conquistas.

- **Sharon**. Para esta férrea adepta a los ensayos feministas, los hombres representan el enemigo. Por lo tanto, siempre es la primera en criticarlos, especialmente a los que rompen con sus amigos. A pesar de esto, en el tercer tomo, se va a vivir a Estados Unidos con un hombre que ha conocido por internet.
- **Jude.** Dulce y dependiente en lo que se refiere al amor, esta especialista en economía internacional se casa con Richard el Malvado, para gran pesar de Sharon, que de todos modos será su dama de honor junto a Bridget. Después se divorcian y, al final de las novelas, Jude, entrada en los cincuenta, sigue buscando a su alma gemela.
- **Tom.** Homosexual, pero no por ello a salvo de las penas del corazón, este psicólogo se operará la nariz después de una dolorosa ruptura.
- **Talitha.** Esta antigua colega de Bridget aparece en *Sobreviviré*. Es una sensual sexagenaria que ha recurrido varias veces a la cirugía estética para mejorar su aspecto.

CLAVES DE LECTURA

DESDE LA PROSA FEMENINA

El diario de Bridget Jones y *Sexo en Nueva York* (adaptación de la novela de la periodista estadounidense Candance Bushnell), ambas lanzadas a mediados de los años noventa, se consideran las obras fundadoras del género denominado *chick lit* —entendido como «literatura para chicas»—, el cual se considera exclusivamente reservado a las mujeres. Esta literatura vagamente feminista aborda los problemas femeninos de manera más bien directa. Las protagonistas del género cuentan, a menudo en primera persona y siempre con humor, sus vidas de mujer, con todos los clichés que esta conlleva: decepciones sentimentales y disgustos profesionales de mujeres que no son tomadas en serio, sesiones de compras dispendiosas y organización de comidas sociales —que nunca salen bien en el caso de la torpe Bridget Jones—.

De hecho, esta difiere del esquema habitual de la «literatura para chicas», ya que, antiheroína por excelencia, no tiene glamur. No se compra ropa en tiendas de lujo, sino en Marks & Spencer y, sobre todo, es torpe, a menudo está sin blanca, es desorganizada y a veces incluso poco limpia. En una palabra, corresponde más a la realidad de la clase media que a las protagonistas perfectas, ricachonas, estereotipadas y vestidas de Gucci de *El diablo viste de Prada* (novela de la autora estadounidense Lauren Weisberger publicada en 2005) o de *Mujeres desesperadas* (serie televisiva estadounidense, 2004-2012). Asimismo, en el tercer tomo, la obra se aleja del tono despreocupado de la *chick lit* y de sus dramas indumentarios para abordar una verdadera tragedia: la muerte de Mark Darcy. Este cambio de registro impactó en cierto modo a los seguidores, ya que rompe un poco la ligereza y el principio del «bien está lo que bien acaba» que rige los dos primeros volúmenes. Aunque se haya alterado, este esquema permanece presente, en especial gracias a la reaparición de otro estereotipo: el del caballero servicial, recurrente en las novelas de Fielding. La protagonista siempre puede contar con un macho poderoso que la saque de los apuros, ya se encuentre en la cárcel, sea víctima de amenazas o esté intentando salvar a su hijo de un accidente de coche.

LA FORMA DEL DIARIO

La obra se presenta bajo la forma de un diario íntimo y contiene un buen número de características del género.

- El libro está escrito en primera persona del singular, lo que permite entrar directamente en los tormentos interiores del personaje principal. Esta forma permite al mismo tiempo identificarse bastante fácilmente con Bridget y comprender en profundidad el carácter alocado, que se intensifica aún más con la presentación a veces incoherente y extravagante del flujo de sus pensamientos. He aquí como ejemplo la introducción del primer día de su diario: «58,5 kg (pero post Navidad), unidades de alcohol: 14 (pero solo cuentan dos días, por la fiesta de Nochevieja), cigarros: 22, calorías: 5424».
- El narrador es intradiegético: es el actor del relato.
- La novela aparece inicialmente bajo la forma de una

crónica semanal en el periódico *The Independent*. Este ritmo de difusión corresponde bien con la forma de *El diario de Bridget Jones* y le otorga un lado realista, como si la narradora ofreciera realmente un relato de su día cada semana. Asimismo, esto permite crear un clima expectante en el lector, impaciente porque aparezca el siguiente número y, con él, la continuación de su novela.

- El diario personal es un escrito en el que el narrador anota de manera más o menos regular sus estados de ánimo y los acontecimientos que se producen en su vida. De hecho, la antiheroína abre prácticamente cada día sus cuadernos para contar en ellos su vida y hacerse preguntas al respecto. Pero estas preocupaciones excesivas en lo que respecta a su porvenir y a su vida sentimental siempre se formulan en clave de humor, lo que aporta ligereza y evita que este interrogatorio interno parezca demasiado lúgubre.

UN REFLEJO CRÍTICO DE LA SOCIEDAD

Debido a su focalización en una antiheroína que no deja de acumular meteduras de pata, *El diario de Bridget Jones* presenta de forma indirecta una crítica a la sociedad y a los códigos que la rigen, ya sea en lo que respecta a las relaciones amorosas, a los convencionalismos o a las opiniones filosóficas.

El cuestionamiento de los códigos sociales

Bridget suele hacerse preguntas respecto a los códigos tácitos que rigen las relaciones humanas. Nunca sabe qué decir o qué hacer durante las recepciones o durante las citas románticas, nunca sabe cuándo tiene que llamar a un hombre o esperar a que llame él, ignora cómo utilizar Twitter apropiadamente, etc. Por ello, lee muchas guías prácticas y consulta a menudo a sus amigos para intentar encontrar la conducta adecuada, la mayor parte de las veces sin éxito. Además de los asuntos amorosos, la obra examina más ampliamente las relaciones interpersonales, ya sean de amistad, como testimonian los conflictos entre Bridget y sus amigos, o de familia, como sugiere, por ejemplo, la actitud de Pamela Jones hacia su hija durante sus enamoramientos.

Un cierto feminismo

Aunque Sharon y Bridget se creen feministas, esta última sería bastante incapaz de definir claramente este movimiento. Sin embargo, el enfoque de las diferencias entre los géneros coloca a la novela sobradamente en una línea feminista, a pesar de que esta sea confusa y a veces se vea contrariada por la actitud de los personajes femeninos. Podemos observar las reacciones contradictorias de Bridget frente a los hombres, de los que finge poder prescindir para luego ir corriendo tras ellos empecinadamente.

Obsesiones y adicciones

Este tema siempre está presente entre líneas, entre la antiheroína —que trata constantemente de combatir su dependencia al tabaco, al vino blanco y a la comida poco saludable— y dos de sus allegados —que hacen terapia en un centro de desintoxicación—. Pero, sin perder su tono humorístico, la serie va más lejos al describir los comportamientos obsesivos de Bridget, que a veces consulta el buzón y las llamadas recibidas decenas de veces al día.

Relaciones en el trabajo

Las preguntas de la protagonista en lo que concierne a la evolución de su carrera y sus malas relaciones con ciertos colegas en las tres profesiones que ejerce sucesivamente evocan, disimulado con humor, otro problema presente en nuestra sociedad, que es el acoso en el trabajo, ya sea moral o sexual.

Una serie en la línea de las obras de Jane Austen

Los dos primeros tomos de *El diario de Bridget Jones* hacen referencia explícita a la novela *Orgullo y prejuicio* (1813) de Jane Austen (literata británica, 1775-1817) en numerosas ocasiones.

- Bridget y sus amigas Jude y Sharon consagran auténtico culto a la adaptación televisiva de la novela, de la que ven ciertos pasajes en bucle durante sus veladas mientras fantasean con el protagonista, el señor Darcy. El nombre de este último es idéntico al del futuro marido de la protagonista, lo que ella misma señala antes de observar la similitud entre los caracteres de ambos: «Qué ridiculez, ¿no? Apellidarse Darcy y mantenerse a un lado, con aspecto arrogante». Además, los dos son ricos y pueden considerarse «buenos partidos». Bridget incrementa la confusión entre ambos personajes cuando va a Roma para entrevistar al actor británico Colin Firth, que interpreta el papel protagonista en la serie sacada de la novela de Austen y le causa tanto efecto como Mark Darcy.

- El guiño a este clásico de la literatura inglesa se percibe hasta en el escenario de la novela. De hecho, las protagonistas de ambas obras son solteras de una cierta edad (según las normas de sus respectivas sociedades) que corren el riesgo de terminar siendo solteronas y que sufren el poder de una madre autoritaria que quiere casarlas con un hombre rico. Del mismo modo, la protagonista de Fielding se encapricha de un antiguo compañero de Mark Darcy, Daniel Cleaver, tan pérfido y depravado como el señor Wickham de Austen. Como él, aviva el desprecio de la protagonista hacia su rival y los malentendidos entre Mark y Bridget están tan presentes como entre el señor Darcy y Elizabeth.

- En las dos novelas, además, la protagonista reconsidera su aversión hacia el héroe, después de que este salve, en el caso de Bridget, a su madre Pamela, y en el caso de Elizabeth, a su hermana, evitando así las deshonra de la cárcel para una y la del adulterio para la otra.

- A nivel de las opiniones, las dos obras presentan una crítica de las costumbres y los hábitos de la sociedad que las rodea, principalmente en lo que concierne a la condición de la mujer y al papel del matrimonio en su estatus social y moral. Ambas aluden también en gran medida a los juegos de poder presentes en las relaciones interpersonales, tanto sociales como amorosas.

PISTAS PARA LA REFLEXIÓN

ALGUNAS PREGUNTAS PARA PROFUNDIZAR EN SU REFLEXIÓN...

- Bridget menciona a menudo su teléfono y, más tarde, su ordenador y las redes sociales. ¿Cómo podríamos calificar su relación con la tecnología?
- En su opinión, ¿por qué la viuda Darcy no vuelve a abrir su diario hasta después de la muerte de Mark?
- ¿De qué modo participan la escritura de Helen Fielding y el uso de la forma de diario personal en la representación del carácter alocado de la protagonista y de sus aventuras?
- Durante una entrevista, Helen Fielding explica lo siguiente a un reportero de *Elle*: «Hay un elemento de tragicomedia en mi escritura, el final feliz está donde tú eliges terminar un libro. La vida, con todas sus idas y venidas, continúa después de eso». ¿Cómo aplicaría usted este comentario a los libros?
- «Va mucho mejor. He comprendido que la solución es olvidarme de mis problemas personales y ayudar a los demás». ¿Cómo entiende usted este tipo de propósitos por parte de la protagonista?
- Bridget se declara soltera moderna y «feminista». Explique qué la une a estos conceptos.
- Las dos mejores amigas de Bridget son, por un lado, Sharon, prototipo de la mujer moderna y feminista, y, por otro lado, la sensible Jude, que refleja los valores más tradicionales, como el compromiso o el matrimonio. ¿Qué lugar ocupa la protagonista en estos conflictos ideológi-

cos y de qué manera son compatibles o incompatibles?

- Bridget no se conforma con las normas sociales, pero no siempre es por elección propia. Explíquelo con la ayuda de ejemplos.
- ¿En qué podemos comparar esta actitud inconformista con la de otras protagonistas del género como Carrie Bradshaw de *Sexo en Nueva York* o Andrea Sachs de *El diablo viste de Prada*?
- Explique por qué, bajo su punto de vista, Bridget no se da cuenta de que es una mujer excepcional.

¡Su opinión nos interesa!
¡Deje un comentario en la página web de su librería en línea,
y comparta sus favoritos en las redes sociales!

PARA IR MÁS ALLÁ

EDICIONES DE REFERENCIA

- Fielding, Helen. 2001. *El diario de Bridget Jones*. Traducido por Néstor Busquets. Barcelona: Lumen.
- Fielding, Helen. 2005. *Bridget Jones: sobreviviré*. Traducido por Néstor Busquets. Barcelona: DeBolsillo.
- Fielding, Helen. 2013. *Bridget Jones: loca por él*. Traducido por M.ª José Díez. Barcelona: Planeta.

ESTUDIOS DE REFERENCIA

- Guérin, Marie. 2013. "Mort de Mark Darcy: Helen Fielding nous dit pourquoi". *Elle*. Octubre. Consultado el 23 de diciembre de 2015. http://www.elle.be/fr/11407-mort-mark-darcy-helen- fielding-dit.html
- Peras, Delphine. 2006. "La 'chick lit': les dernières tendances". *L'Express*. Mayo. Consultado el 26 de diciembre de 2015. http://www.lexpress.fr/culture/livre/la-chick-lit-les- dernieres-tendances_811248.html

ADAPTACIONES CINEMATOGRÁFICAS

- *El diario de Bridget Jones*. Dirigida por Sharon Maguire, con Renée Zellweger, Hugh Grant y Colin Firth. 2001.
- *El diario de Bridget Jones: sobreviviré*. Dirigida por Beeban Kidron, con Renée Zellweger, Hugh Grant y Colin Firth. 2004.

www.resumenexpress.com

ISBN ebook: 9782806284105

ISBN papel: 9782806290427

Depósito legal: D/2016/12603/811

Cubierta: © Primento

Libro realizado por Primento, *el socio digital de los editores*